바우 금혼 시집

국수 먹기 좋은 날

박우군홀시집

구구먹기 좋은 날

박성일 시집

정출판

시집을 내면서

나를 낳아주신 부모님
사랑하는 가족과 벗들

산과 강 그리고 하늘
나뭇잎을 스치는 바람
자연을 노래하는 시인과 음악

모두모두에 감사하며

나의 작은 이야기를 엮어
글로 남기게 됨을 기뻐하며

오늘도 아내와
둘레길을 걷는다

2021년 가을
바우 박성일

기리는 글

　박성일 시인과의 만남은 운현궁 덕성시원에서부터로 기억된다.

　그는 서울공대 출신의 공학도였지만 음악이며, 서예 그리고 시 등의 예술 분야에도 적잖은 관심을 지닌 폭넓은 재능의 소유자다.

　일전에 박 시인은 시집으로 묶고 싶다고 하면서, 그동안 써 모은 수백 편의 작품들 가운데서 150편을 골라, 내게 보내왔다. 나는 시에 대한 그의 열정을 반갑게 생각하면서 차근차근 읽어 보았다.

　그의 작품은 수사적 기교를 부리지 않아 쉽게 이해되며 또한 간결하고 명료하여 읽는 데 부담스럽지 않아 좋다.

　박 시인의 시를 읽으며 느낀 것은 그는 부모와 아내 자식들을 사랑하는 모범 가장이라는 사실이다. 뿐만 아니라 세상과 이웃에 대한 건강한 배려가 가슴을 뭉클하게 한다. 그는 평범하지만 건전한 사고방식을 지닌 아름다운 시민이라는 사실을 느끼며 작품 속에 빠져들게 된다.

그런데 그가 지닌 폭넓은 사랑 가운데서도 시집 전체를 관통하는 핵심은 '아내와 가족에 대한 사랑'임을 알 수 있다. 이 시집은 금혼을 맞아 아내에게 바치는 헌시들의 작품집이라고 해도 좋을 것 같다.

부디 건강하고 행복한 삶 누리시기 바라며 더욱 감동적인 작품 많이 쓰시길 기원해 마지않는다.

2021년 6월 28일
삼각산 밑 운수재에서 임 보 씀

차례

1. 그녀는 내게

2. 앞니가 두 개

3. 국수 먹기 좋은 날

4. 문패 달던 날

5. 다녀오세요

6. 차를 마시며

7. 99번째 백운대

8. 갈대가 서 있는 까닭

1.

그대는 내게

호수 속 산 그림자 되어
연리지처럼
함께하고 있다

그녀는 내게

그녀는 내게
맑은 웃음으로
잔물결처럼
다가와

호수 속
산 그림자 되어
연리지처럼
함께하고 있다

이제는
그녀가 나의 그림자인지
내가 그녀의 그림자인지

모르겠다

아내가 작아졌다

사귄 지 얼마 안 되어 만난 날
그녀의 키가 작아졌다
하이힐을 벗고 굽 낮은 신을 신었더군
키 작은 나는 속으로 참 흐뭇했지

결혼하고 시부모 모시면서는
말도 말수도 모두가
낮아지고 적어지더군

변하는 그녀를 보며
이유도 모르면서 기분이 좋았지
그리고 긴 세월이 지나서야
알게 되었지

시누 여섯 가난한 집
어깨 무거운 외아들이
참 안쓰러워 보였다는 거야

러브레터

'헤어짐 없는 만남을 그리며
더 나은 우리의 날을 약속할게'

빛바랜 책갈피에 끼어있는
보내지 못한 젊은 시절의 편지 한 장
미래를 꿈꾸는 것만으로도 행복했던 시절…

가난했지만 아름다웠던 날들
뒤돌아보면
어깨를 기댄 채 늘어뜨린 그림자뿐

'여보 미안해
그리고, 고마워'

윗세오름에서

아내에게
비행기를 태워주고 싶었어
그리고
아직 못 가본 제주도에로

어리목에서
계단으로 이어지는 윗세오름 길에서
그녀의 웃음은
눈처럼 하얗다

'정상까지 통젭니다'

푹푹 빠지는 눈길에 힘들었는데
잘되었지 뭐야

'여보! 못 올라간대'
'할 수 없죠 뭐'

마주 보며 웃었다
더 안 올라가도 된다는 이유에 안도하며
그 자리에 털썩 주저앉는다

내려가는 길은 미끄러지고 구르면서도
콘도 마당에서 준비하던 통구이 생각에
힘든 줄 모르고
단숨에 어리목이다

꽃다발

봄볕이 익어가는 강변 따라
조뱅이 괭이밥 금계국 개망초 붓꽃 양지꽃
자전거를 멈추고
몇 개씩 배낭에 꺾어 담는다

지난 생일날
멀리 떨어져 사는 며느리가 보낸 꽃바구니에
난생처음 받아보는 꽃이라며
어린애처럼 좋아하던 아내 모습이 떠오른다

'웬일이에요'
냉큼 꽃병을 꺼내더니
내가 내민 꽃을 다듬어 예쁘게 꽂아 놓으며
그때의 그 모습처럼 환하게 웃는다

꽃에는 마법의 묘약이 숨어있나 보다
아내의 양 볼이
내가 준 꽃처럼 발갛게 피어나는 걸 보면

그녀의 오월

같이 올 걸 그랬어

오월이 오면 우리는
들로 산으로 푸르름을 찾아
손잡고 걸으며
서로 바라만 보아도 좋았었지

메마른 이 몸에도
오월의 바람은 불어주고
아카시아 향기는 예나 지금이나
그녀의 웃음처럼 날리는데
짙은 녹음 사이를 홀로 걸으며
다시 뛰는 가슴으로 두 팔을 벌려
그녀를 맞이하듯
소리 없는 푸른 함성을
품 안에 가득 안아본다

같이 올 걸 그랬어
정말!

돌미나리

아릿한 바닷바람에 부끄러운 듯
떨리는 풀잎의 어릿한 숨소리 들으며
포도밭 옆 묵논에 쪼그리고 앉아
돌미나리와 숨바꼭질한다
날렵한 잎새에 발그레한 살진 몸통
나물 캐는 아내의 잔등을 따라가는
봄빛이 따사롭다
앉은걸음 하며 돌나물도 담고
쉬엄쉬엄 허리를 펴 하늘도 올려보면
어느새 비닐 주머니에 가득한 향기

'이걸로 무얼 할 건데?'
'집에 가서 바로 물김치 담글래요'

무와 당근은 나붓나붓 썰고
쌀풀 팔팔 끓이고 발그레한 빛깔 내면
사근사근 씹히며 파고드는
아릿하고 쌉쌀하고 새큼한
돌미나리 물김치

집으로 오는 차 안에서
돌미나리를 뒤적이며 흐뭇해하는 모습이
아내도 나와 같은 생각을 하고 있나 보다
오늘 저녁 늦게까지 다 담그고 나면
오월 한 달은 내 입이 호강하겄다

아내는 지금도 벽돌집에 살고 있다

여덟 식구로 시작한 신혼 때부터
아파트에서 살아보고 싶은 아내의 조그만 꿈
직장 따라 여러 번 이사를 다녔어도
엄두도 내지 못하다가

'우리도 아파트로 이사하면 어떨까요'
동생들 모두 시집보내고
분위기 좋던 어느 날 용기를 내었는데
'아파트에 들어가서 세파트처럼 살라고?'
어머니 한 소리에 가슴을 베이고 말았지

시집살이하면서 시어머니 닮아간다고
아내 성화에 빨간 벽돌집을 지었다
아침이면 드르륵 창문 열어젖히며
공원 가득한 나무 위로 하늘을 보고
마당 쓸고 앞길도 깨끗이 쓸면서…

아내는 예나 지금이나 벽돌집에 살고 있다

선짓국이 어때서

연말이 되어 십이월 초에는
둘이서 얼큰한 선지 해장국집을 찾는다

'결혼기념일 날, 그게 뭐예요'
아빠는 뭘 모른다고 애들은 어처구니없어 하지만
아내는 항상 내 편이다
'따끈한 선짓국이 얼마나 좋은데'

시장 골목에 커다란 가마솥 걸어놓고
선지 우거지 내장도 듬뿍 넣어 밤새도록 끓여내
갓김치라도 곁들여 후후 불며
저희들도 따라다니며 맛있게 먹고 놓고는…

이제는 값비싼 레스토랑을 찾아
분위기 있게 기념일을 보내라지만
입맛이 그래서인지, 살아온 세월이 그래서 그런지
바뀌어지지 않는다

그래도 딸들이 저렇게 야단하는데
다음 달 아내 생일날에는 어쩌면 좋지?

비 온 후 갠 날

봄빛이 오더니
뒤따라 내린 비에 온 세상이 싱그럽다
나무마다 가지마다
초록 잎 노란 꽃
그리고 분홍 물결

굳은 얼굴을 대하며 먹는 아침이
입안에서 서걱거린다
엊저녁 별일 아닌 것으로 티격태격했는데
눈길 한번 안 준다

할 수 없지
나이 먹은 여자를 어찌 이겨
내가 먼저 손을 내밀어야지

'여보, 벚꽃 보러 갈까?
하늘이 참 파랗네'

딱 걸렸네

추석 차례상에 떠억하니 자리 잡은
부침개 세 접시
시어머니 며느리 대견한 듯 웃으니
시아버지와 아들 덩달아 흐뭇하다

얼마 전 아들 집들이에 갔다가
부침개 솜씨가 좋다고 칭찬하더니
이번 추석에는 일찍 와서 거들지 말고
부침개를 해오란 모양이다

며늘아, 딱 걸렸구나
아마도 다음 설에는
나물 세 가지 해오라 하고서는
우리 며느리 최고라며 칭찬하겠지

그러고 나서 언젠가는 호호 웃으며
차례와 제사를 모두 맡길 모양이다
착하고 여린 네가
노회한 시어머니를 어이 당할꼬!

아내의 창

아내는 아침에 일어나면 으레
창가로 다가가
집 앞 놀이터에 늘어선
은행나무 소나무 느티나무들을 보고는
하늘을 쳐다봅니다

겨울이면 앙상한 가지만 보이는 그 창가에
작은 화분을 나란히 놓습니다
초록색을 좋아하는 발그레하던 그녀의 볼처럼
여린 잎새에 자그마한 분홍색 꽃들
아내의 창에는 꽃이 피어 있습니다
창가에 서 있는 모습은
예나 지금이나 꼭 같습니다

오늘 아침에도 창가에 서서
몇 송이가 더 피어났는지 세어보고 있습니다
이 순간만은
그녀의 세월은 사라져버리고
초록과 분홍색의 젊은 그녀입니다

나이를 거꾸로 살고 싶은 아내

체중계에 올라갔다가는
항상 시무룩해서 내려오는 얼굴 보기 민망했는데
'여보, 드디어 해냈어요'

나이 들면 나잇살이 있어야 한다며
홀쭉하면 어쩐지 남 보기 안 좋다나 어쩐다나
체념인지 푸념인지 얼버무리더니

'죽을 둥 살 둥 움직여야 살이 빠지는 거예요'
웰빙 댄스 선생님 한마디에 느낌이 왔는지
몇 달 동안 땀으로 범벅되어 집에 오더니

겨우 1킬로 빼고는

허리 줄여야 한다며 옷가지 한 아름 들고 나서는
나이를 거꾸로 살고 싶은 아내

빛바랜 첫 사진

한눈에 좋아져서
북한산 도봉산 등산데이트를 하며
우리 집 마련하느라 5년이 걸려서야
같이 살게 되었지

여덟 식구 뒷바라지하면서
시누이 넷 시집가고
부모님 시골이 좋다고 내려가신 후에야
당신이 눈에 들어왔어

이십여 년 시집살이에
그늘진 당신 얼굴을 보고 마음 아팠지
그리고는 우리가 만나 찍은
빛바랜 첫 사진을 찾았어

무거운 짐들 모두 벗어버리고
이제는 둘이서 살다 보니
주름진 당신도 좋지만
우리의 첫 사진이 더 좋아

내 마음속 당신은
언제나 스무 살이니

여편네라 부르는 이유

앞장서서 뛰었지
잘 따라오나 뒤돌아보며

세월이 흐르고
지쳐서 쉬다 보니
그녀가 앞에 가고 있었어

이제 나이 들어 나란히 걸으며 보니
앞모습보다도 뒷모습보다도
옆모습이 더 고운 걸 알았지

이제야
여편네라고 부르는 이유를
알 것 같애

말하는 거울

언제부터인가
거울을 보지 않는다
말하는 거울이 내 옆에 있음이다

외출할 때에는 옷을 차려입고
나를 닮아가는 거울 앞에 서면
내 모습이 바로 귀에 들린다
'오늘은 봐 줄 만해요'

그러면 되었지
주름지고 흰머리 성성한 내 모습을
거울에 비춰볼 일이 무에 있겠나

어버이날

아침부터 전화벨이 울린다
어버이날이라 문안 전화인 모양이다

전화를 네 번이나 받고도 아내는 시무룩하다
누가 시어머니 아니랄까 봐
조금 있으면 올 걸, 그새를 못 참고…

멀리 사는 며느리에게 문자를 보낸다
'바로 전화!'
전화벨이 울리고 며느리의 '어머니임~' 소리에
아내는 언제 그랬냐는 듯 기분이 만점이다

전화를 끝내고 아내 마음이 바쁘다
아들과 손자가 좋아하는 밑반찬을 만들겠단다.

며느리가 무얼 좋아하는지 물어는 봤나?

반만년 변치 않고 이어온 고부姑婦 사이
며느리도 딸이 되는 어버이날이 되면 좋겠다

절임 배추

신혼 초에는 배추를 백여 포기나 했는데
겨우 스무 포기에도
손목이 아프다면서
올해는 절임 배추를 들인다

며칠 전부터 이것저것 김장 준비하며
느릿느릿 쉬엄쉬엄하는데
그래도 마트에서 사지 않고
집에서 담그는 김치를 먹을 수 있는 것은
절임 배추 덕이랄 밖에

아내의 손목에게도 바라오니
제발 더 아프지 말고, 오래오래
지금만 같아라

2.

앞니가 두개

발개진 볼이
홀로 부끄러워
살포시 웃는다
빠빠진 닳은
앞니가 두개

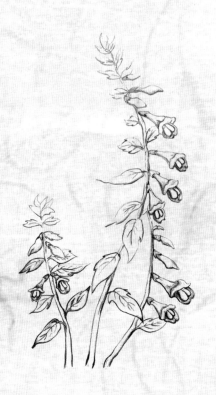

앞니가 두 개

아기가 웃는다.
할미와 나들이 나온 공원길
나비 보며 손짓하다
입을 동그랗게 하품하듯 웃는다
뽀얀 젖니가 두 개

길옆 며느리밥풀꽃이 웃는다
흰나비 날갯짓에
발개진 볼이 홀로 부끄러워
살포시 웃는다
밥풀 닮은 앞니가 두 개

할미도 웃는다
느티나무 그늘에 다리를 쉬며
스르르 눈을 감는 아기를 보고
소리 없이 웃는다
남아있는 앞니가 달랑 두 개

산수유

업디인 산허리를 돌아
힘겹게 올라선 고갯마루
'저기 산수유 좀 봐!'
봄빛이 머무는 골짜기엔 노란 꽃망울들
몸도 마음도 무언가 소리치고 싶다

'가지를 잘 봐! 저건 생강나무야'
박식한 친구의 말 한마디에
우리들의 봄은 어디론가 가버리고
생강덩어리를 씹은 것처럼
숨어있던 피곤이 무겁게 몰려온다

'너나 생강나무 해! 무식한 우리는 산수유다'
한 방을 날리는 친구의 큰 소리에
'와~' 하고 웃으며 다시 즐겁다
'내 탓일랑은 하지 마세요'
얼결에 산수유가 된 생강나무도 배시시 웃는다

냉이 캐러 갔다가

냉이 캐러 갔다가
엉덩이가 흙덩이 되며
밭이랑을 기다가

어느 노래에도
나물 캐는 남정네는 없다는 생각에

여인네들 몰래 살며시
호미 던져버리고 풀밭에 누웠다가
부드러운 햇살에 잠들어버렸네

냉이 캐러 갔다가
아내는 바구니 가득
나는 가슴 가득

봄 향기 담아 왔네

산유화처럼

갈 봄 여름 없이
꽃은 피고

갈 봄 여름 없이
꽃이 지듯

홀로 피었다 지는
소월의 산유화처럼

덧없이 피어난
이름 없는 꽃 한 송이

산새 하나 날아와
잠시 더불어 준다면

저만치 피어 있다
미련 없이 진들 어때

봄맞이

실버들 가지마다
새싹 움트면
실개천 송사리 떼
새롱거리고

노오란 개나리꽃
나들이 할 때
노을 진 하늘 멀리
나는 기러기

봄동에 된장 듬뿍
볼 안에 가득
봄 산에 핀 진달래
볼이 발그레

사랑초

날아갈 듯 가냘픈 허리 위로
검버섯처럼 얼룩진 보라색 이파리와
휘어질 듯 희고 긴 목을 아슬하게 올라
연분홍 꽃을 피우고 있는 사랑초

나비의 날갯짓에도 하늘거릴 듯
임의 손길을 부르는 여린 몸매는
사랑을 애타게 기다리는 가련함인가

새색시 볼같이 환한 꽃을 피우며
임을 향해 손짓하는 미소는
항상 함께 하겠다는 다짐이런가

'친구에게 하나 주기로 했어요'
새 화분에 분갈이하고 있던 아내가
검버섯 핀 이파리 같은 얼굴로
사랑초처럼 환한 미소를 피워내고 있다

초여름

초록빛 가득한 한낮의 공원
노오란 송홧가루가
초여름 햇살을 타고 흩날리고

소나무 그늘에
엄마는 엷은 잠이 들고
혼자 깬 아기
꼼지락거리는 발가락을

찔레나무 새순에 모여 앉은
연홍색 여린 가시들
소곤대며 바라보고 있다

딱따구리

다다다다다
푸른 숲 가득 울리고
따따따따따
파란 하늘 멀리멀리
두두두두두
떠난 임을 부르시나

광릉 숲에 딱따구리
많기도 하다

다다다다다
따따따따따
두두두두두

텅 빈 내 가슴 울리는 이
그 누구신가

가을이 오는가

바람은
푸른빛으로 나뭇잎 사이를
금빛으로 나불다
쪽빛 되어 사라지고

울어대던 매미 소리도
짝을 찾은 듯
곱다랗게 하늘을 오른다

감나무 가지를 타고 내려온
부드러운 햇살에
아내의 얼굴은
잘 익은 감빛처럼

…

곱다

가을 길

가을 길은

그리움 찾아 떠나는 안개처럼
하늘가에 서성이며

초가집 굴뚝 위에 피어오르는
하얀 저녁연기처럼
보일 듯 말 듯 헤매다가

저어기 느티나무 언덕으로
곱다랗게 이어지는

고향 가는 길

3.

국수먹기 좋은 술

손자를 보며 어머니 얼굴에
돌아온 발그레한 웃음에
아내와 둘이 서 가만히
가슴을 쓸어 내렸지

국수 먹기 좋은 날

'우리 어제 국수 해 먹었어요'
멀리 사는 손자 녀석이 전화로 자랑을 한다

부모님 모시고 살면서 분위가 언짢은 날이면
어머니가 예뻐하시는 어린 아들에게 부탁했었지
'할머니! 칼국수 먹고 싶어요'

손자 말 한마디에 금방 함박웃음 가득해지며
콩가루 어디 있느냐, 홍두깨 내오너라
밀가루 반죽에 계란도 깨어 넣고
옛 솜씨대로 넓게 밀어 칼국수를 만드셨지

'말만 하면 언제든지 할머니가 해 줄게'
손자를 보며 어머니 얼굴에 돌아온 발그레한 웃음에
아내와 둘이서 가만히 가슴을 쓸어내렸지
그렇게 조심스럽게 지낸 세월이었어

'여보, 점심에 손칼국수나 먹으러 나갈까?'
빤히 나를 쳐다보더니 빙긋이 웃는다
'국수 먹기 좋은 날이네요'

손자 전화에 지난 일들이 생각난 걸까?
창 너머 보이는 하늘이 참 푸르디푸르다

사모곡-아카시아 꽃

기억이 닿는 끝에
옥색 치마에 비녀를 낀 어머니가 생각납니다
보퉁이를 머리에 이고
마을 앞 개울의 징검다리가 보입니다

나는 엄마 등에 업혀 있습니다
머리에 인 보퉁이 속에는
서울 사는 오라버니께 드릴
참깨나 그런 것이 들어 있었겠지요
오랜만에 가는 친정 나들이니까요
아들 낳았다고 자랑하고 싶은
마음을 헤아릴 수 있잖아요

같이 가겠다고 쫓아오던 누나는
어머니의 호통에
오솔길 저만큼 뒤에서 주저앉아 웁니다

주막거리에 가면 서울 가는 버스가 옵니다
시냇가를 따라
아카시아 꽃이 하얗게 피어 있습니다
오월 어느 날이었을 거예요

할아버지 귓불

어리고 병약한 손자를 무릎에 앉히시고
할아버지는 말씀하셨지
귓불이 작지만 도톰해서 먹고는 살겠으니
명대로 살려면 뜀박질이나 열심히 하라고

가끔 그 말씀이 생각나면
할아버지의 크고 두툼한 귓불이 눈에 선했지
믿어지지 않았어
그렇게 좋은 귓불로도 우리는 가난하게 살았으니

이제 다시 생각하니 머리가 끄덕여져
하루 거르지 않고 막걸리 해드리는
착한 며느리가 있었으니
할아버지 귓불에는 아마도 술 복이 가득했던 거야

짚신 한 짝 토시 한 짝

여섯 살배기에게는 신나는 나들이였다
피난길이라 다른 식구들은 모두
등에 잔뜩 머리 위에 잔뜩 힘들어하지만
나는 허리에 맨 조그만 옷 보따리가 전부다

징검다리 팔짝 뛰어 건너다
냇물에 풍덩 떠내려가는 짚신 한 짝
울상을 짓는 내게
할아버지는 토시 하나를 꺼내 신겨주신다

피난길에 오른 어느 여름날
짚신 한 짝 토시 한 짝 신고
망아지처럼 내달으며 즐겁기만 하다
집 떠나 멀리 오니 구경할 것 많구나!

산수유 아래서

아직도
바람이 시린
이른 봄

몽울진
산수유 아래
멍하니 앉아

망각으로 가는
당신을
서럽게 바라보고 있습니다

어머니…

사모곡 - 팟국

재래시장에서 사 온 통통한 대파
뭉텅 잘라내어 바로 다듬어
시어머니 하시던 대로 팟국을 끓이고 있다
빛바랜 그림처럼 희미한 옛 생각에
'간잽이는 내가 해야지'
한 숟갈 뜨며 손맛을 견주려는데
겨울철이면 감칠맛 나는 팟국을 끓이며
싱글거리시던 어머니의 환한 웃음에
이슬을 감추려 눈을 감아버렸다

가신 지 이십 년이 넘었는데도
이런 날이면 어김없이
서러움으로 불쑥 다가와서는
울리고 가서야 직성이 풀리시는 모양이다

세상 많이 변했어요, 어머니!
요즈음에는 아들 집에 오실 때라도
연락을 미리 하고 오서야 해요

화해

노환으로 누우신 아버지께 약을 먹여드리다
파리한 입술에 손끝이 닿은 순간
아버지 입술도 어머니처럼 보드라운데 놀라버린다

방랑벽이 심하셨던 아버지에 대한 불만으로
삼십 년 넘게 부모님을 모시고 살면서도
아버지와는 눈길마저 피하며 살았는데…

'애비야, 나는 예전에 용서했는데 너는 아직이냐?'
먼저 가신 어머니가 나무라시는 것만 같아
보드라운 입술처럼 좋았던 추억들을 떠올려본다

지게 위에 타고 앉아 나무하러 산에 가고
장마철 등굣길에는 깊어진 개울을 업어 건네주시고
병약했던 내게 개구리 뒷다리도 구워 주셨잖아

'그런 일이 있었냐? 허허허'
어린 시절 이야기에 즐거워하시는 모습을 보며
마음속에 웅크리고 있던 응어리가 스러지고 있다

참외서리

무더운 여름 긴 하루
어둑해지면
느티나무 언덕에는 밤바람 모여들듯
동네 개구쟁이들 모여 숙덕였지
참외 서리하러 가자고

늘 아랫마을까지 멀리 가지만
오늘은 가까운 데로 가자는데
싫었지만 어쩌나
엉덩이를 낮추고 살금살금 기어서
잘 익은 참외를 하나씩 챙기고
또 따려는데
'이놈들~' 고함소리에
모두들 부랴부랴 도망쳤지
냇가까지 와서야 숨을 고르고
모두들 첨벙첨벙 뛰어들며
서리한 참외를 으적으적 깨물어 먹었지만

나는 혼자 슬그머니 되돌아갔지
할아버지께 혼날 각오를 하고

'그래, 하나씩은 따 먹었냐?'

서리해서 가지고 있던 참외를 내밀었지
원두막에 계시던 할아버지는 씨익 웃으시며
받아든 참외를 깎아 내게 주셨어

금방 웃는 얼굴이 되어 쳐다본 하늘에는
왜 그리도 별들이 많았던지

너도 며느리 편이구나

한 지붕 아래 서로 불편한 고부
그 사이에 낀 외아들
보다 못한 큰딸이 꾀를 냈었지

시집 못 가고 있는 막내 핑계 대고
누나는 어머니를 모시고
유명하다는 점집에 가면서
후한 복채를 약속하며 미리 청을 넣어두었다

'3년 내로 사위 생길 테니 걱정 마
그 집은 며느리가 복덩어리구만, 잘 해줘'
점쟁이의 말에도 누나의 기대와는 달리
어머니의 굳은 표정은 풀릴 줄 모른다

내 배로 낳은 자식 속을 왜 모를까
'이제 봤더니 너도 며느리 편이구나'

그 후로 어머니는 한동안
큰누나와 말을 섞지 않았다

뿌리를 찾아서

하늘만 보며 살다
흙이 부르는 소리 가까이 있어
뿌리를 찾아 나섰지

지겟자리였음직한 곳에
계산재桂山齋 단청은 흐릿하고
뒷산 마루 선조님의 무덤들은
꿇어앉은 먼 후손後孫에게
여울지는 묘산천妙山川을 내려다보며

천년을 묵묵히
바람 소리로 스쳐 가듯

'저 여울처럼 흐르나니…'

갈 숲을 적시며 잔잔히 흐르다
바위에 부딪혀 솟구치고
돌아돌아 내리내리
수천 년을 흘러 네게로 오듯
또 만년을 흐르며
너의 후손에게로 이어지리라

*고령박씨 始祖시조 사당 이름

미운 정

어린 나이에 홀아비 집에 시집와
지문이 다 닳도록 밭일을 하는데
철없는 서방님은 돈만 손에 들어오면
몇 달씩 집 나갔다 거지꼴로 돌아와도
팔자려니 하면서 칠 남매 키우며 살았네

이제 어깨가 축 늘어진 남편은
눈치꾸러기가 되어버리고
가끔씩은 대놓고 싫은 소리도 하는데
같이 사는 외아들 녀석은 눈치도 없이
엄마 편을 든다며 한소리 한다

얘, 아들아
나야 그럴만하니 구박하지만
너는 아버지한테 그리하면 못써

여인의 마음 누가 알까
고운 정보다 질기고도 끈끈한 게
부부간의 미운 정인가 보다

4.

문패 달던 날

부뚜막에서
시루떡을 찌고 계신 어머니
나를 보며
환하게 웃으신다

문패 달던 날

모두들 이삿짐 정리하느라 분주한데
대문 옆 기둥에
문패부터 달고 있다

취직하고 모은 백오십만 원을 들고
헤어져 살던 일곱 식구가 살
방 세 개 있는 집을 찾아
신설동에서 청량리 중량교를 거쳐
망우리 공동묘지 아랫동네까지 왔다
좀 후진 동네면 어때
그래도 서울 시내인데

부뚜막에서 시루떡을 찌고 계신 어머니
나를 보며 환하게 웃으신다
장가는 언제 갈 거냐고

세월

구름 좇아 꿈꾸고
강물처럼 달려온
세월이여

아직도
거기 있거들랑
내 곁에 와

말동무나 해 주시게나

절반의 성공을 위하여

젊은 시절 언제던가, 나는
두 여인을 사랑하자고 다짐했습니다

한스럽게만 살아온 어머니라는 여인
인생을 보상받기에는 나의 사랑이 부족했는지
따뜻한 말 한마디 없이 가버리셨습니다
절반의 실패를 내게 안기고…

이제 내게는
평생을 같이 하고 있는 여인이 옆에 있습니다
그녀와의 사랑만은 끝까지 이어지면 좋겠습니다
남은 절반의 성공을 위하여…

두 여인을 사랑한다는 것은
처음부터 허황된 바람이었나 봅니다

부부싸움

보건소에서 스케일링을 끝내고 나오려는데
'폐렴 예방주사도 놔준다네요'
아내를 따라가서 바로 안내를 받았다

나이 지긋한 의사가 몇 가지 물어보고는 다짜고짜
'댁에서는 부부싸움 하면 누가 이깁니까?'
황당한 말에는 웅크리고 있던 장난끼가 고개 내밀며
'아무래도 젊은 사람이 이기죠'
그러면 그렇지 하는 표정으로
의사가 나를 쳐다보며 싱글거린다

'그러는 의사 선생님 댁은 누가 이기는데요?'
'우리 집도 뻔하죠, 안사람이 세 살 젊어요'
'그럼 선생님 댁은 늘 펴나~안 하시겠습니다'
'댁도 늘 펴나~안 하실 것 같네요'

'점잖은 분이 아침에 부부싸움 한 모양이죠'
'여자들이 나이 먹으면 아무것도 아닌 것 갖고 가끔씩
긁잖아'
아차, 뱉은 말을 도로 담을 수도 없고 어쩌지?
그 의사 때문에 우리 집도 부부싸움 하게 생겼다

나만의 장소

그 시절에는 나뿐이 아니었을 거야
너댓 명 식구들이 한방에서 잠을 자야 했지
그래서인가
나만의 장소를 가지고 싶었어

언덕 위 느티나무 위에 나뭇가지를 얼기설기 묶기도 하고
찔레나무 숲에 굴을 파기도 하고
뒷동산 바위 뒤에 나뭇잎을 깔기도 하며
커서는 등산하다 바위굴을 찾아 밤을 새우기도
바닷가 절벽 소나무 숲에 숨기도 하며
나만의 장소를 가지곤 했지

그러다가 결혼해서 아내와 한 방 쓰고
아이들까지 생기니
어릴 적부터 키운 작은 꿈은 접어야 했지

이제 그 꿈은 새롭게 시작되었어
조용하거나 한적한 곳이 아니어도 되었거든
산을 오르며 자전거 타며 숲을 거닐며
시끄러운 길거리나 전철 안에서도 누리게 되었어

나만의 장소를 가슴 안에 만들어 놓았거든

삼식이 예찬

아들딸은 정성스레 차려주었으면서
퇴직한 남편이 집에서 밥 먹는 게
그리도 못마땅합니까?
삼식이라니요, 꼭 뉘 집 마당쇠 이름같이

가족 위해 평생을 힘들게 일했는데
티브이에서 아무리 웃자고 하는 얘기라지만
하루 세 끼 집에서 먹으면 삼식이라고
퇴출시켜야 한다니 심하지 않나요?

아내가 요리하면 힘든 일은 거들어 주고
식탁에 마주 앉아 맛있게 먹으며
애들 얘기, 세상 얘기하면
그게 늘그막을 사는 부부 모습 아닐까요?

'요리하는 아내는 아름답다'
이런 캠페인 할 분 안 계시나요?
'삼식이 부부는 더 아름답다'
같이 스크럼 짜실 분 안 계시나요?

오백 원

자동화 기기에서 현금 인출하는데
공휴일이라 그런지 수수료가 오백 원이란다
놀란 가슴에 취소 버튼을 얼른 누르고
내일 다시 하면 되지 하며
혼자 쓴웃음을 지으며 나오면서

혹시 누가 보고 비웃지는 않을까
휘이 둘러보고는
안도의 한숨을 쉬어본다

'싱싱한 게가 한 마리 오백 원!'
을왕리 모래사장에 온 가족 둘러앉아
한 솥 가득한 게를 푸짐하게 먹으며
별빛 따라 춤추는 파도 소리를 노래하던
오래 오랜 적 아름다운 여름휴가

'오백 원이 얼마나 된다고!'
너무 쫌씨 아니냐는 생각 뒤로
조그맣게 응원하는 소리도 들리는 듯하다
'맛있는 라면이 한 봉지인데!'

껌 파는 할머니

전철역에 낯익은 할머니 한 분 앉아 있다
천원을 내밀고 껌 한 통을 받아 옆에 앉는다

그 연세에 많이 힘드시죠?
겨울에는 따뜻하고 여름에는 시원한 데서 돈을 버니
전철이 얼마나 고마운지 몰라요
요새는 모두 핸드폰 쳐다보느라 시원치 않지만

자식들은요?
괜히 물었다 싶어 후회하고 있는데 빙긋 웃는다
손주 보러 갈 때는 잘 차려입고 가서 용돈도 주니까
부자인 줄 알아요, 아들은 죄송스러워하지만…
전번에는 손주들 데리고
세월호 성금도 같이 내고 왔어요

내 가슴이 덜컹거리나 했더니 전철 문 열리는 소리다
들어가 자리에 앉는데 할머니 목소리가 저만치서 들린다
'껌 한 통만 팔아주세요, 천원이예요'

선행先行학습

언제부터인가 부는 치맛바람에
불쌍한 어린 새싹들
한글과 수학은 물론이고
영어까지 배우고 나서야
초등학교에 들어간다

더 커서는 학원에서 선행학습하고
학교에서는 공부에 흥미 잃고 잠을 잔다
그렇게 커가는 우리 자식들
짝을 만나도 우선 같이 살아보고
결혼은 나중에 생각하게 될런지도 몰라

한강 공원에도 그 바람 불고 있다
아직 더위는 시작도 안 했는데
'우리도 보고 배웠지요'
길가 코스모스는 벌써 피고 지고…

걔들도 선행학습하고 있나 보다

굴뚝

어디 다니냐고 물으면
인천에서 제일 높은 굴뚝이 있는 회사라고
으쓱대던 시절이 있었지
새벽에 서울 집을 나서 인천에서 기차 내리면
멀리 바닷가에
회사 이름이 빼곡히 써내려 진 높은 굴뚝이 보였어

이제 첨단산업에 자리를 빼앗기고 있지만
기적소리 울리며 달리는 기차처럼
공업입국을 외치며 앞만 보며 달리던 때에는
하늘로 뿜어 올라가는 굴뚝 공장에서
기름 묻은 손으로도 참 행복했지

두 번째 회사에도 높은 굴뚝이 있었는데
지금 살고 있는 우리 마을에도
랜드마크처럼 높다란 발전소 굴뚝
기피시설이라며 좋아하는 사람 없지만
숨찬 입김을 높다랗게 하늘로 토해내는 모습이
젊은 시절의 우리처럼 정겹기만 하다

별일 없으시죠?

'별일 없으시죠?'
집에 혼자 있다가 받은 아내 친구 전화
'예, 별일 없습니다.'

'그 댁은 참 좋으시겠어요'
'예?'
'두 분 모두 건강하고 애들도 별일 없잖아요'
'아~, 네. 그렇긴 하죠'
'우리 집은 별일이 좀 있어서요'
'이야기 들었어요, 힘드시겠어요'

사노라니 행복이 별거 아니구나
별일 없으면 되는 게야

유효기간

누가 내게
유효기간 라벨을 붙여주면 좋겠다

그러면
하고 싶은 일
해야 할 일
서두르고

손에 쥔 것 모두
훌훌 털어버리고
올 때처럼
그날을 맞이할 수 있잖아

그런데 라벨은
어디 붙이면 좋을까

자장면 한 그릇의 행복

산책길 걸으며 데이트하다 들어간 식당
자장면 시켜놓고 마주 앉아
최고의 성찬처럼 맛있게 먹는 것은
두 연인 사이를 이어주는
단무지 같은 사랑 때문이리라

입 언저리에 묻은 자장을 닦지도 않고
맛있게 후루룩거리는 아들딸 보며
얼굴 가득 웃으며 먹고 있는 것은
비록 자장면이지만 오랜만에 가족들 외식시켜주는
아빠로서의 기쁨 때문이리라

자장라면 넉넉히 사다 놓고
출출하면 한 봉지씩 끓여 비비면서
입안 가득 군침이 도는 것은
한 그릇에 99원 할 때부터 먹어온
자장면의 추억 때문이리라

5.

다녀오세요

누구 목소리가 큰지
시합이라도 하듯
목청껏 소리치던 게
어쩌 같은데

다녀오세요

문을 나서려는데
'다녀오세요!'
집에 와 있는 손주들이 나와
고함지르듯 인사한다

얼마 만에 들어보는 소리인가
어린 아들딸 셋이 쪼르르 나와
누구 목소리가 큰지 시합이라도 하듯
목청껏 소리치던 게 어제 같은데

가물가물 떠오르는 그 시절 생각에
잔잔한 미소가 입가에 머문다

오늘 저녁에 돌아오면
'다녀오셨어요!'
소리치며 쫓아 나와
반겨주기를 기대하면서

아들의 세뱃돈

설날 아침에 차례를 지내고
아들 딸이 세배를 한다
이제 막내까지 모두 취직을 해서
올 설날은 더 즐겁다

'아빠 엄마, 세뱃돈 받으세요'
막내인 아들이 세배를 하더니 흰 봉투를 내민다
나도 아내도, 그리고 딸들도
눈이 휘둥그래졌었지

'아빠 엄마! 용돈 필요해?'
두 딸이 조심스럽게 엄마 눈치를 본다
'돈 싫은 사람이 어디 있니,
나도 세뱃돈 받았다고 자랑 좀 해보자, 호호호'

그래서 '아들 아들' 하는 것은 아닐까?
생각하며
아들 얼굴을 한 번 더 쳐다보았다

큰딸

처다보기만 하던
파아란 하늘이
너무도 날고 팠나

꽃그늘 아래
둥지를 떠나는
산새 하나

창공을 차오르는
아름다운
날갯짓이여

며느리 친해지기

결혼 십이 년 차
살림 잘하고 손자도 둘이나 안겨준
참 대견한 며느리와
둘이서 오붓하게 길을 걷는다

봄빛 가득한 시냇물 따라
가지마다 파릇파릇 오솔길 따라
그녀의 목소리는 산새들 노래처럼 들리고
웃는 모습은 활짝 핀 벚꽃 같다

몸이 나른해질 때쯤 되어
'아버님 수고하셨어요'
'시간 내줘서 고맙다'
저는 제집으로
나는 전철 타고 내 집으로

며느리가 다 좋은데
몸 가냘픈 게 마음에 걸려
하루 한 시간씩 같이 걷기 운동
그래서 건강해진다면
무얼 더 바랄까

욕심

나이가 들면 욕심을 버려야 한다는데
손자 손녀 넷이 놀고 있는 걸 보니
이 녀석들을
음악가 과학자 기술자 사장을 만들고
교수와 시인도 만들고 싶은데

어?
그럼 둘이 더 있어야 하잖아!

눈이 노처녀인 첫째에게로 간다

'너도 결혼해야지'
'이 나이에 무슨 결혼!'
첫째 딸이 입술 삐죽이는 옆에
아내마저 한심하다는 눈빛이다

시인 교수 욕심내다
실없는 사람 되어버렸구나

며느리 찻잔

'저건 보기만 할 거에요?'

툭 던지는 한마디에
장식장에 고이 모셔 두었던
며느리가 선물한 예쁜 잔을 꺼내
아침 커피를 담는다
오랫동안 쓰고 있던 투박한 잔도
도예를 배우면서 내가 만든 거라 정이 들었었는데…

'어때요, 좀 우아해 보이지 않나요?'

멋도 없고 투박한 나보다는
예쁜 며느리 마음을 가까이하고
그 젊음까지도 고스란히 느껴보고 싶었는지
아내의 웃음도 더 화사해 보이는데
나도 수세미로 박박 닦던 투박한 잔과는 달리
보드라운 행주로 조심스레 닦고 있다

젊게 웃어보고 싶은 아내도
어루만지듯 커피잔을 닦는 이 마음도
며느리라는 말에 숨어있는
아들 사랑 손자 사랑 때문은 아닐까

시집간 딸

구름 따라 세월 가고
발길 머문 호숫가
바람결에 숨어있는
낯익은 향기에
저절로 고개 돌려 바라본 곳

호수 저편 언덕배기에
꿈을 쫓아내 품 떠난
홀씨 하나
큰 나무로 가지 뻗어 꽃피우고
잎새 흔들며 손짓하네

너희 있음에
우리도 기쁜 마음으로
세월이 흘러가는 소리를
이야기해 주마

재택근무

재택근무 기회를 잡았어요
출퇴근 안 해도 되니 얼마나 좋아요
이제는 나도 아내처럼 집사람입니다

월급이 얼마나 되느냐구요?
자원봉사 하는 셈 치래요
아내와 같이하는데 나는 보조예요
할 일이 있는 것만으로도 고맙지요
그리고 우리가 딱이에요
근무일지를 쓰는 건 기본이구요
밤낮으로 근무하다 보면 힘은 들지만
즐겁게 일하고 있어요

주 오 일 근무에 주말은 쉽니다
무슨 일 하느냐구요?
예쁜 손주 보아주고 있어요

우보천리牛步千里

기축년己丑年 생 손자 녀석
낳자마자 일어서서 걷는 송아지처럼
첫돌 전에 걸어 다녀서 기특했는데
말하는 것은 소걸음을 닮았는지
한참을 늦었다

내 조부님께서는 사주팔자를 다 꿰시고
어린 내게 좋은 말씀 많이 주셨는데
나는 그런 할아버지가 못 되지만

그 녀석의 차분하고 듬직한 성격대로
뚜벅뚜벅 한 걸음씩 커 주기를 바라며
공부가 더디다고 안쓰러워하는
아들과 며느리에게 넌지시 말한다

'우보천리라고 하지 않더냐'

할머니와 효손

세 살 때까지 키운 여섯 살 손자 녀석
출국하려고 달포를 집에 와 있는데
잠은 제 어미 놔두고 할머니 옆에서 잔다

잠자며 이불 차버리는 손자 감기 들까 봐
덮어주느라 매일 잠을 설치면서도
할머니는 그저 좋기만 하다

'너 할머니하고만 잘 거야?'
어찌하나 보려 묻는 제 엄마에게
'우리 미국 가면 할머니하고 잘 수 없잖아'

와락 끌어안고 볼을 비비며 뽀뽀하는데
'효손을 두셔서 좋으시겠어요, 어머님'
삼대가 웃는 모습이 어쩜 그리 닮았을까

아름답게 사는 법

'아름답게 사는 게 어떤 거예요?'

아름답게 산다는 말이 가슴에 와닿아서
가족이 모두 모이는 날이면
손주들 선창으로 술이나 주스로 건배하며
'아름답게 삽시다'를 함께 외치는데
오늘은 중학생인 손녀가 느닷없이 묻는다

그거참,
알고 있다고 생각하고 있었는데…

한순간 멍해지며
뭐라고 대답해야 하나 생각하다
다음 설날 모일 때에는
아름답게 산다는 게 어떤 것인지
한 사람이 하나씩 생각해 오는 것으로
얼버무리고 말았는데

정말로,
아름답게 사는 게 어떤 걸까?

아름답게 사는 법-가족

'어쩜 그리 좋은 생각을 했어?'

추석날 우리 가족 열하나 모두 모여
아름답게 사는 법을 하나씩 말했는데
남을 배려하며 사는 게 아름다운 삶이라고 말한
열 살 된 손자가 기특해서 칭찬했더니

'할머니 말씀이 더 좋은 것 같던데요'
'뭐라고 하셨는데?'
'사계절의 아름다움을 느끼며 사는 거라고 하셨잖
아요'

흐뭇해하는 아내와 가족들을 둘러보며
이런 순간순간이 아름다운 삶 아닐까 생각하고 있
었는데
뒤이은 사위 녀석의 말 한마디에
우리는 모두 배꼽을 잡으며 웃어버렸지

'제 와이프를 바라보며 사는 거요!'

가족 - 손자 생각

어린 손자하고 놀다가
'몇 식구지?' 했더니
'우리 가족은 아빠 엄마 동생 나, 모두 넷이잖아요'

아들 직장 때문에 따로 떨어져 살며
명절이나 일 있을 때나 얼굴을 맞대다 보니
손자 말이 틀린 것은 아니지만

할아버지 할머니까지
모두 여섯이라는 대답을 기대했었는데
왜 이리도 쓸쓸할까

할애비에게는 손자도 가족이지만
손자에게는
할애비는 가족이 아니더라

잎새

공원에 앉아 단풍으로 곱게 물든 나무를
부러운 눈으로 보고 있으려니

손자를 데리고 오셨네요
그래, 우리 집 장손이야
참 부럽네요, 우리는 아들딸 보는 것도 힘든데

궁금한 게 있는데 물어봐도 돼요?
뭔데?
사람들은 나이 들면 왜 쪼글쪼글 초라해지지요?

나무는 고와지는데 사람은 왜 추해지지?
할 말을 잃고 멍해져 있는 나에게
'할아버지 몰라? 왜 아무 말이 없어요!'

아차, 내 정신 좀 봐
이 녀석이 나무 이름이 뭐냐고 물었지

자랑

'할아버지 나 야채 먹었어요'
수화기를 들자
손자가 고함치듯 소리 지른다
무슨 일이지?

야채로는 콩나물만 먹는 아이에게
며느리가 머리를 써서
야채를 이것저것 넣어서
볶음밥을 만들어 주었단다

'야채 먹으면 할아버지한테 또 자랑해라!'
'네!'
'공부 잘해서 칭찬 들어도 전화하고'
이번에는 대답이 시원치 않다

잔칫집에서 밥도 못 먹고

지난해 귀향해서 살고 있는
넷째 매제네 집들이 초대에
오랜만에 모인 남매들
집에서 기르는 토종닭을 잡고
떡이랑 묵이랑 봄나물로 푸짐하고
입담은 더 푸짐한 하루

저녁 해 앞산을 넘을 즈음
각 집마다 한 보따리씩 챙겨주며
앞마당이 분주한데

'잔칫집에 와서 밥도 못 먹고 가네'
모두들 어안 벙벙한데
'닭 한 마리 다 먹느라 밥 들어갈 자리나 있었냐?'
맏이 받아치는 바람에
웃음소리가 앞뜰에 가득하다

6.

차를 마시며

첫잔의 향기는
흐르는 듯 머무르고
두 잔의 따스함이
스치는 듯 배어난다

차를 마시며

첫 잔의 향기는
흐르는 듯 머무르고
두 잔의 따스함이
스치는 듯 배어난다

눈빛에 담겨있는
우리의 긴 이야기들
아내의 미소가
찻잔에 가득하다

포도 따기

무슨 꿈이 그리도 애틋했는지
까맣게 타버린 가슴이 동그랗게 맺혀
송이마다 그리움으로 가득하고
바람에 실려 오는 파도 소리처럼
햇살이 일렁이며 쓰다듬고 있다

'뽀얗게 분 바른 것 같아야 잘 익은 거야'
친구가 말하는 대로 요리조리 살펴보고
흰 봉지에 쌓인 그대로 바구니에 담으니
아프리카 어느 병원 신생아실에
검고 예쁜 아기들 누워 있는 것 같다

'잘하시네, 포도 농사해도 되겠어요'
가끔 와서 가지치기나 포도 따는 거야 좋지만
그 힘든 포도 농사를 어떻게 하라고…

'포도밭 주인을 친구로 두는 게 더 좋지요'
친구 아내의 검게 탄 얼굴에 미소가 스친다

아름답게 사는 법 - 재능기부

이웃에 사는 참 좋은 분
정년퇴직하고 마음 맞는 친구들이랑
산동네도 가고 시골도 가는데
지붕도 고치고 가구나 전기도 손보고
벽지도 갈아주고 하수도도 고쳐주며
즐거운 마음으로 재능 기부하다가
잠깐의 헛발로 다쳐 집에 머물고 있는데

나이 들며 부쩍 아프다는 소리하는 마누라
곁을 지키며 모처럼 집안일도 거들었는데
물리치료 받으러 다니던 아내가
병원에 안 가도 되겠다며 싱글벙글 생글생글

이웃을 위해 하던 재능기부를 집에서 하니
아내의 웃는 얼굴이 그리도 보기 좋다며
진즉 이리했으면 더 좋았을 거라고
껄껄껄

마누라 주물러주고 물찜질해 주면서
그것도 재능기부라고 생각하는
참 아름다운 사람

종소리

세모를 알리는
구세군 자선냄비 종소리

두부장수의 발걸음 따라
산동네 아침을 깨우던 정겹던 종소리

딸랑딸랑 딸랑딸랑

어쩌다가 그 소리가 집 앞에서 멈추면
우리 집 아침 식탁에는
보글보글 끓는 두부찌개
둘러앉은 열 식구 모두 행복했지

오늘 넣은 조그만 정성이
어느 집 보글보글 끓는 두부찌개로 이어져
옛날 우리 집처럼
환한 웃음꽃 피어났으면…

그리움 하나 있어

잊히지 않는 그리움 하나 있어
겨울 강가에 나갔더니
아침 안개에 안겨 흐르는 강물
서러움 가득 흐느끼고

살얼음에 어린 눈물 닦아주려다
내 마음도 젖어버려
서걱대는 갈대밭에 서서
온종일 바라보기만 하였네

그리움 하나 띄워 보내려
겨울 강가에 나갔다가
서러움 하나 더 붙안고 돌아오는
휘청거리는 나의 긴 그림자여

아름답게 사는 법 - 중산층

30평 넘는 아파트에, 2,000cc 차에
현금도 어느 정도 가지고 있어야 중산층이라는
우리나라 보통 시민의 말보다는

나라와 이웃을 위해 무언가 하고
집으로 초대한 벗들에게 요리 하나 정도는 해 줄 수 있고
예술이나 스포츠를 하나 정도 즐기면 중산층이라는
어느 유럽 대통령의 말에 고개가 끄덕여져

적지만 분에 맞게 이웃을 돕고
시를 쓰고 음악도 듣고 걷기 운동도 하며
김치찌개 끓이는 법을 배워
나도 중산층이라는 긍지를 갖기로 했다

유럽 어느 산골의 아무렇지도 않은 농부가
치즈를 만들며 환하게 웃고 사는 모습이
너무 아름다워 보였기에

부부-백년 계약

사업하는 것마다 실패하여 집안에 들어앉아
홧술로 세월 보내는 형이 안타까워
어려울 때마다 도움을 준 시동생이 찾아왔다
'어머니도 어떻게든 도와주라고 말씀하시던데…'
고맙지만 마냥 도움을 받을 수는 없다
'여태까지도 살아왔는데요, 뭘'

오늘도 식당일하고 저녁 늦게 돌아온 집안
언제나 그렇듯 남편이 방안에서 맞으며
'이제 당신도 좀 쉬어, 애들한테 얘기할 테니'
그래도 미안한 것은 아는지 한마디 한다
애들도 직장 다니고 있으니 생활비를 받잔다
'어떻게 손 벌려요, 해 준 것도 없으면서'

미우나 고우나, 그래도 마음 착한 내 남편
백년 계약이니 기쁠 때나 슬플 때나…
몇 년 더 일하면 둘이 그럭저럭 살 수는 있겠지
사주팔자에 자식 복은 있다고 들었는데…

음악 신청합니다

박지현 씨 안녕하세요?

결혼하면 더 잘하며 살자는 약속만으로 같이 산 지 44년이 되네요.

오랜 세월 어떻게 살았느냐구요? 처음에 부모님과 여동생 넷 모두

여덟 식구였는데 딸 둘 낳고 열이 되었다가, 식구들 모두 제 갈 길

가버리고 이제 단둘이 살고 있어요. 대가족 속에서 누려보지 못했던 신혼을 지금에야 누리고 있는 것 같아 참 좋아요.

젊을 때는 엽서에 신청곡과 사연을 써서 신청했는데, 음악 한 곡

달랑 선물하며 결혼기념일이나 서로의 생일을 보내면서도 만족하며

살아왔지요

이번에는 〈아웃 오브 아프리카〉의 주제곡으로 알려진 모차르트의 〈클라리넷협주곡 2악장〉을 신청할게요. 여주인공인 메릴 스트립스의 삶과 야생동물이 뛰노는 아름다운 평원이 퍽 좋았었지요.

박지현 씨의 부드러운 음성으로 이 편지를 읽어주시면 참 좋겠네요.

결혼기념일 날 자식들도 같이 들을 거예요.
미리 감사드리며 이만.

*박지현: KBS 1FM의 '출발 FM과 함께'의 진행자였음.

지금의 익숙함이 좋다

간단한 아침 식사
채소나 과일은 철 따라 바뀌어도
늘 내 앞에 놓이는
바알간 당근과 투박한 찻잔
익숙한 입맛이 좋다

편한 바지에
봄가을이면 늘 입는 티 하나 걸치고
호수공원을 터벅터벅 걷는
지금의 익숙함이 좋다

내 키 두 배만 하던 느티나무
우리 지붕 위까지 훌쩍 커버렸지만
책상도 식탁도 먹는 음식도
아내 손길도
옛날 그대로의 익숙함이 좋다

사방에 널린 게 행복이라기에

사방에 널린 게 행복이라기에
주워 담으러 나섰지요

집 앞에 담배꽁초 과자봉지가 널려 있기에
깨끗이 쓸어 담으려니
'오늘도 동네 청소하시네요'
지나가던 할머니가 웃으며 인사를 하더군요

놀이터에서 아가가 뒤뚱거리며 걸음마 하기에
박자를 맞추어 손뼉을 쳐주려니
'옆집 할아버지야'
아가도 엄마도 돌아보며 웃더라구요

매미 울어대는 둘레길 구비마다
숲속에 떨어져 뒹구는 황금색 살구
좋은 놈으로 골라 담으려니
살구 따주시던 할아버지 생각이 나더라구요

사방에 널린 게 행복인지 아닌지는 몰라도
주워 담는 한마음 뿌듯하네요

거울 속 거울

거울 속 거울에는
강으로 굽이치고 별로 비추이는
빛바랜 기억들이
달무리처럼 흐르고 있습니다

거울 속 거울에는
흘러온 곳으로 흐르는 강이 있습니다
잔잔한 물 위에 떠가는 흰 구름처럼
옥색치마에 동백기름 향기 나는 엄마나
앞 개울 징검다리가 비칩니다

거울 속 거울에는
눈을 감아야 보이는 그림이 있습니다
아련한 지난날들이
희로애락으로 녹아 숨 쉬고 있습니다

부부 - 길가 벤치에서

한 손에 지팡이 들고
다른 손은 영감 손을 꼬옥 잡고
발맞추어 천천히 걷는다

한참 걷다 힘든지
길가 벤치에 앉아 찐 고구마와 물병을 꺼내며

'큰 애 좀 도와줍시다, 여보'
'안 돼, 당신 병원비는 어쩌고'
자식 걱정하는 마음보다
자기를 더 걱정하는 영감의 마음을 아는지
높아지던 할미 목소리가 수그러진다

고구마 한입 먹고 물 한 모금 마신다
할미도 영감 따라
고구마 한입 먹고 물 한 모금 마신다

먹는 모습이 똑 닮았다
누가 부부 아니랄까 봐

달라도 똑같구나

불루 클럽에서 머리를 깎고 나오는데
머리를 손질해준 미용사가 장난스레 건넨 한마디
'깎으나 안 깎으나 똑같네요'

겨울이라 털모자를 푹 눌러쓰니
머리 깎은 표시가 안 난다는 말이겠는데
달라도 같은 게 어찌 이쁜일까

걸음이 빠른 이나 느린 이나
전철이라는 모자를 타면 똑같이 달리고
착하게 살아도 악하게 살아도
죽음이란 모자 쓰면 똑같이 흙이 되는 것처럼

추운 겨울도 덜 추운 겨울도
입춘 지나니
봄이 오는 것은 똑같구나

7.

99번째 백은띠

이제 나머지 한 번은
아껴두었다가
이승 떠나는 날에
혼으로 날아올라
백운대 위 흰 구름 타고
내 살아온 기쁨을
굽어보리라

99번째 백운대

전철 타고 구파발 가까워지면
원효봉 의상봉 거느리고
흰 구름을 머리에 인 백운대가
어서 오라 손짓한다

대학 시절 친구들과 오르기 시작하여
아내와는 등산데이트를 하고
첫 아이 낳았을 때나
아이들 짝 지워줄 때도 오르며

천지신명께 고하듯
하늘나라 계신 어머니께 알려드리듯
내 마음을 꺼내 놓으면서
어느덧 99번째 등정

이제 나머지 한 번은 아껴두었다가
이승 떠나는 날에 혼으로 날아올라
백운대 위 흰 구름 타고
내 살아온 길을 굽어보리라

지리산 능선에서

어제저녁, 그리도 붉게
낙조로 물들던 세석의 만산홍滿山紅은
오늘 아침에는 비에 젖어 부들거리고
산장에서 모포 두 장으로 토끼잠을 잤지만
다섯 번째 지리산 품에 안긴 몸은
나이를 잊은 양 기운이 솟구친다

흰 뼈를 내보이던 그때의 고사목들은
나무숲 뒤에서 아직도 희끗거리고
후드득 빗소리에 놀라 멈칫거리면
좁다란 산길 따라 도랑물이 흐른다
저만치에 있을 천황봉은 구름에 숨어있고
철벅거리는 등산화는 행진곡이 된 지 오래다

해야 해야, 얼굴 좀 보여다오
얼마나 힘들게 통천문通天門을 지나고 있는데
발부터 머리까지 다 젖어도 좋지만
잠시 뒤에 정상에서 증명사진 찍을 때에는, 꼭
'천황봉 1915' 표지가 보이도록
잠깐이라도 얼굴 내밀고 웃어다오

대승폭포

솔바람 참바람 더 불고
세 고개 오르느라 숨이 턱에 차는데
등 밀어주던 골바람도 쉬어 가잔다

앞서거니 뒤서거니 하던 운무는
폭포 자락을 치마폭처럼 감싸며 오르고
싸리꽃이 우릴 반기듯 환하게 웃으며
여기가 대승폭포란다

운무는 기암 절경에 취해 있고
언뜻언뜻 보이는 폭포는
거문고 여섯 줄이 한꺼번에 울리는 듯
환희의 찬가를 쏟아내고 있다

'겸재謙齋의 산수화 속에 우리가 들어와 있네요'
긴 숨으로 춤사위를 멈춘 채
소맷자락을 늘어뜨린 무희처럼, 폭포처럼
아내는 그림 속의 아낙처럼 다소곳하다

*대승폭포: 설악산 대승령에 있는 높이 88M의 폭포로
구룡폭포 박연폭포와 더불어 우리나라 3대 폭포임.

한라산

영실코스를 따라 오르는 한라산
큰 누나의 대학 입학 축하 산행이라고
열네 살배기 막내가 앞장을 서며 호기롭다

'한라산도 별거 아니야'
북한산도 여러 번 오른 아이들은
병풍바위를 지나 윗세오름까지는 신이 나는데
아빠를 철석같이 믿는 아이들을 보며
아내는 조심스런 눈빛이다

'얼마나 더 가야 해요?'
두 시간이 넘자 지친 얼굴들이 햇볕에 익어 발갛다
'조금만 더 가면 돼'
하지만 남벽 코스는 휴식년으로 출입금지라니
한 시간은 더 돌아가야 한다

서로 손을 이끌어 주면서 오른 정상
'백록담에 내려가서 손은 씻고 가야지'
주저앉은 아이들을 떠밀어 백록담에 손을 담근다
오늘 저녁은 아무래도
좋아하는 바비큐라도 사줘야 할 것 같다

방에 들어오자마자 곯아떨어진 아이들을 보며
가만히 미소를 짓는다
'너희가 못 오를 곳이 어디 있겠니'

덕유산

덕유산을 오르는 길은
마음속을 찾아가는 미로입니다
구비마다 시름 하나씩 벗어놓으며
푸른 산허리를 돌아갑니다

사자담에 머무는 구름 소리
폭포를 거스르려는 물보라 소리
떡갈나무 잎 재잘대는 소리
먼 산이 대답하는 메아리 소리

산에는 나를 반겨주는 소리들이
모여 살고 있습니다

초여름 햇빛이 소나무에 내리면
솔잎은 짙푸른 그림자 되어
나의 허물을 가려줍니다
유월의 덕유산은
어머니 품처럼 아늑합니다

속리산

결혼기념일에 맞추어 오른
속리산
우리를 축복하는 듯 흰 나래를 편다

법주사를 지나면서
길가 할머니에게서 새끼줄 두 짝을 사서
미끄러지지 않도록 운동화에 묶고

오르다 힘들면 쉬고
한숨 돌리며 쉬다 또 오르고
두 시간 만에 운장대 1033
경상 전라 충청 삼도가 눈 아래다

이제부터가 겨울 산행의 별미지
낙엽을 가득 채운 비료 포대에 올라앉아
'나 꽉 잡아' 한소리에
미끄럼 타며 내려오는 길은
짜릿한 즐거움이다

월출산

밤 기차를 따라오던 달은
여인의 봉곳한 가슴처럼 솟은 월출산이 보이자
부끄러운 듯 어디론가 숨어버리고
이른 아침에 시작된 산행은
바람 폭포를 지나 천황봉에 오른다

보일 듯 말 듯 이어지는 능선을 따라
억새밭을 지나 도갑사까지는 이십 리 길
터벅거리는 아내를 도닥거릴 즈음
들려오는 독경 소리가 어찌나 반가운지

저녁을 먹고 다시 찾은 절 마당에서
월출산 위로 떠오르는 달을 본다
이렇게 멋있는 월출月出을 또 어디에서 볼까

환한 어둠 속에
풍경소리 깊어 가는데
달무리에 안겨 눈웃음 짓는 달이
우리를 보며 따라하라 한다

채석강에서

세월이 가는 곳
해 따라 길 따라 서쪽으로 간다
붉은 노을에 닿아있는 채석강에서
시간은 멈추어버리고

수많은 책들이 켜켜이 쌓인 서고書庫는
옛 시인을 기리며 지전紙錢을 불사르듯
한 장씩 한 장씩 떨어지며
검은 조각으로 흩어져 있다

밀물이 몰려와
뒹굴던 세월의 조각들을 삼켜버리고
하얗게 웃으며 뒤돌아 가면
이승도 피안도 어둠에 잠기고

차가운 별빛이 나를 깨우며
멈추었던 시간이 다시 움직인다
이제는 돌아가야지
시간이 멈추지 않은 나의 곳으로

경주 남산

청매 홍매는 가는 겨울을 아쉬워하고
노오란 개나리와 산수유는 목을 이만큼 빼고
산죽이 두 줄로 서서 봄바람을 머리에 이더니
칠불암 부처님 미소와 함께
바위를 뛰어넘어 계곡으로 사라지고

파아란 하늘은 지긋이 보고만 있다

정오에 오른 금오산
상원암 인자하신 마애불상에서 기도하던 소녀에게
마음을 빼앗긴 한 총각은
바알간 진달래꽃처럼 1년을 기다리다
상사암에서 그녀를 다시 만나
마음의 병을 고쳤다던가

풍상에 닳아버린 투박한 부처님들이
절을 바라보며
무명 저고리 풀 먹인 듯 합장하고 있다

산은 누워 있고
그 품 안에서
모두들 천년의 잠을 자고 있다

백담계곡

물소리 솔바람 소리는
산을 오르고
햇볕은 폭포에 쏟아져
떨어지고 엎어지고

가쁜 숨 몰아쉬며 흐르다
머무는 백담에서

오늘은 산천 풍악이
온통
내 품에 안겨 있네

청산은 녹아 청담으로 흐르고
떡갈잎 머무는 황담을 지나는데
이야기꽃 핀 소리담에
노을빛이 소란스럽다

나리분지

푸르디푸르러 까맣게 변해버린
현포 바다를 뒤로
마가목 하얗게 핀 산길을
굽이굽이 돌고 돌아 오른 곳

형제 미륵 천두 성인 두리 나리
봉자 돌림 형제들
산자 돌림 자매들이 두 손 모아 우리를 맞는다

우데기 두른 너와집에서
얼기설기 엮은 투막집에서
굽은 허리에 하얀 머리 노인 부부가
금방 나와 웃어줄 것 같다

막걸리 한잔에
삼나물 곱게 씹는 맛이라니…
오월의 초록빛 바람을 한 아름 안아가고 싶다

옛날 그 옛날
시뻘건 용암이 분출하던 곳
나리분지

이제는 흥겨운 노랫가락 한 곡조 뽑고
얼근한 얼굴로 홍살문을 지나
바닷가 이승으로 돌아가야지.

*나리분지는 울릉도에서 가장 너른 분지로 주위에
성인봉 나리봉 형제봉 두리봉 천두산 미륵산으로
둘러싸여 있음.

몽돌해변

밀고 밀며 오르던 파도는
힘이 다한 듯 식식거리다
미끄러져 내려가며
하얗게 웃어버리고

임을 그리던 몽돌은
잠시 행복에 젖고는
서러운 이별에 온몸을 떨며
달그락거린다

그렇게 그렇게 그리며
달도 가고 해도 가며
온몸은 까맣게 타다 남아
조그만 새알처럼 되어버리고

오늘도 하늘엔 별이 총총이는데
내 곁에 오신 님
이 밤이 가면 또 가시는 님
기다림은 세월이 되어버렸네

한 장의 시詩

귀엽고 앙증맞은 주산지에는
물 위에도 물속에도
산 단풍이 붉게 물들고

노을에 취한 구름 한 쌍
하늘에도 연못에도
가을 시를 휘갈기고 있다

'이 사진 어때요?'
가을 시가 그려진 아름다운 시詩 한 장이
아내 손에 들려 있었다

* 주산지 : 경북 청송에 있는 300년 넘은 저수지임.

멀리 시계탑이 보인다

잎새들 떠난 가을 나무 사이로
멀리 시계탑이 보인다

외로움 따라온 그리움 사이로
지나간 세월이 보인다

공원의 귀퉁이를 지키며
묵묵히 서 있는 저 시계탑도
나뭇가지 사이로 내 얼굴을 보며
깊어 가는 세월의 주름을
안쓰럽게 바라보지 않을까

더 있으라 하지만
머물렀으니 떠나가야지
꽃보다 더 곱게 저물어 가는
가을 속으로

이간 수문二間 水門[*]

홍인지문과 광희문을 좌우에 보며
목멱산 물줄기를 한데 모아 흐르던 곳
일제가 만든 서울운동장 아래 묻혀
물소리도 잊으며
수십 년 흙처럼 지내다
햇빛에 나온 지 이십여 년

그래도 옛 기록이 남아있어
홍예석을 제자리에 찾아놓고
없어진 이맛돌은 새로 만들어
무지개를 닮은 옛 모습 그대로
다리도 만들고 성벽도 쌓으니

빨래터 아낙네들 웃음소리
방망이 소리를 타고 흐르는 듯 퍼지며
암크령 수크령 예처럼 무성하고
언덕배기 기름새
바람에 손을 흔들며 맞이하니
홍인지문에서 광희문을 지나 남산까지
옛 성벽의 자취를 찾는 나그네
발을 멈춘 채 눈을 감는다

* 이간 수분 : 동대문 근처에 있던 두 칸의 무지개다리로
된 옛날 수문

바둑여행

모내기 끝난 논처럼 네모가 가득한 벌에
검은 점과 흰 점들 한둘 보이더니
산허리를 돌고 돌아 대관령이 가까워지면서
흰 뿔 검은 뿔이 엉키며 힘자랑하고
흰 구름 사이를 뚫고 휘몰아치는 먹구름은
다가올 결전을 예고하는 듯하다

바둑판 위에는
흰머리 검은 눈동자가 번득이고
동해바다 검푸른 파도처럼 몰려왔다가
바위 위에 하얗게 부서져 물러가며
꼬리를 물고 물리는 대마大馬 싸움은
구름 덮인 백두대간처럼 오리무중이다

지고 이기는 게 대수랴
바다와 태백준령이 어우러진 곳에서
사흘 동안 검은 밤을 하얗게 새울
오십 년 지기들의 즐거운 바둑 여행인데

소리길

가야산 소리길이
빨갛게 물들었다
아이들 어른들 산새들 환호성이
붉게 물들어서는
계곡물에 젖어 든다

해인사 풍경소리
노랗게 물들었다
마주 보는 당간지주와 고사목의 선문답도
노랗게 물든 은행나무 위로
바람처럼 스러진다

빨갛게 노랗게
소리길이 잠들고 있다
물 위를 떠가는 단풍잎도
대웅전의 풍경을 울리는 산바람도
노을 져 가는 하늘처럼

한강습지

한강 습지에 봄이 왔다
알락오리 고방오리 기러기 떼가 무리 지어
시끌시끌하던 습지에는
봄을 준비하느라 모두가 분주하다

철새무리들에게 눌려 눈치만 보던 텃새들도
이제는 주인행세를 하려는 듯
몇 안 남은 철새들 주위를 낮게 날며
빨리 떠나라고 사뭇 위협적이다

'날 것들은 항상 시끄럽다니까'
민들레 제비꽃 갈대 갯버들 말발도리
새싹이 돋아나는 풀과 나무들은
누가 뭐라 해도 참주인은 자기들이란다

하루살이들이 내 코를 간질인다
너도 이곳 주인인 걸 몰랐구나
금방 비워 줄 테니
이 객도 잠시 쉬어 가면 안 될까?

낯선 나라 낯선 길손

뿌연 거리를 따라 시끄런 인파를 헤치고 가면
찬란한 세계 문화유산들이 숨 쉬고 있고
첨단기기 매장 옆에는 피리 소리에 춤추는 코브라
보리수 옆 쓰레기장에서는 소들이 먹이를 찾고
그 옆에서 차를 마시며 더위를 피하고 있는 사람들이
한 폭의 그림 되어 함께 어우러져 살고 있는
인도는 참 낯선 나라

붉은 사암과 대리석으로 된 찬란한 유적들과
힌두교와 불교 성지를 돌아보고
적도의 땡볕을 피해 찾은 그늘에는
소와 순례자들과 쓰레기 더미가 함께 있지만
오늘은 오감五感을 닫고 서슴없이 다가가
돌멩이에 걸터앉아 지친 다리를 쉬면서
어느덧 인도사람처럼 되어가는 나를

어제의 내가
낯선 눈으로 바라보고 있다

황산의 기억

기암괴석으로 이어진 돌계단 따라
오르다 내리고 휘돌아가다
황산 절경에 취해 다리쉼 하면
영객송 너머에서 천도봉이
두 손 모으고 맞이한다

하늘까지 까맣게 이어진
일선천—線天 수직계단을 기어오르면
부처님 같은 미소를 머금은 연화봉을 지나
봉긋한 가슴을 옷자락에 감추고
수줍은 듯 두 손을 모은 합장봉

천 길 낭떠러지 배운정에 이르면
석양은 서해계곡으로 사라져
쫓아가던 노을만이 바위틈에 외롭고
다소곳이 서 있는 부부소나무 옆으로
우리를 기다리는 희미한 등불

산 그림자 속에 밤이 깊어
여왕님은 내 옆에 엷은 미소로 잠들어 있고
어릴 적 같이 놀던 별들이
내게로 모두 쏟아져 내려버리면
여명은 봉우리 사이를 헤집고 다가온다

어제 고생길이 그렇듯 즐거웠나
웃음소리가 황산에 퍼지고 있다
남긴 것은 무엇이고
담은 것은 무엇인가
뒤에 남은 황산을 아쉬운 듯 돌아본다

자전거 타면

자전거 타고 가면
너른 파밭을 지나면 좋다
쪽파 대파 향기가 가슴에 닿으면
김을 매다 소매로 땀을 닦으시던
어머니 모습이 생각나서 좋다

자전거 타고 가면
풋풋한 풀 내 나는 숲길이 좋다
'과수원 길'을 흥얼거리거나
찔레나무 새순을 먹던 생각을 하며
슬며시 웃어보아도 좋다

자전거 타고 가면
갈대가 서걱이는 강둑을 달리면 좋다
지는 햇빛이 강물 위에 눈이 부셔도
이 순간만은
시인이 되고픈 내가 좋다

자전거 타면-아내

자전거를 타고 가면
아내와 같이 타면 좋다
풍족한 몸매를 곁눈질하면서
그것도 내가 해 준 거라는
어처구니없는 생각을 하며
혼자 가만히 웃어본다

자전거를 타고 가면
아내와 나란히 달리면 좋다
찻길을 건너면서 곁을 살펴주고
보조를 맞추느라 천천히 밟으며
내가 마치 중세로 돌아가
귀부인을 모시는 기사가 된 것 같다

힘들지 않아?
오늘은 좀 더 가서 쉴래요
이렇게 열심인데 살이 왜 안 빠지지?
나는 근육이 많아서 그래요
이쯤에서 그냥 두어야지
더 나가면 토라질 거 뻔하니까

두엄더미

산허리를 돌아 흐르는 개울을 따라
버들개지 피어나는 둑길을 달리면
군데군데 두엄더미 보이고
밭이랑 고르는 농부들 손길도 바쁘다

어릴 적 시골집 사립문을 나서면
외양간에서 걷은 짚더미나
아궁이에서 긁어낸 재와 오물이 범벅되어
수북이 쌓인 두엄더미가
싸늘한 날씨에도 구수한 냄새를 풀풀 내고 있었고
그 곁에 서 있는 오동나무 언저리에
막냇동생을 낳으시고 야윈 엄마를 위해
보리 한 줌 뿌리고 덫을 놓아두면
겨울 동안 벙벙한 까치 서너 마리쯤 잡았지

오늘도 둑길 따라 페달을 밟으며
바람에 실려 오는 두엄더미 향기에 취하면
마음은 벌써 어린 시절로 돌아가
엄마를 부르며 사립문을 들어서고 있다

둘레길 들레길-바람이 머물고 있네

엊그제 어스름한 숲에서 허둥대다
몇 개 남은 밤꽃마저 떨어뜨리고
어쩔 줄 몰라 얼굴 붉히던 둘레길 바람
오늘은 싸리나무에 분홍 꽃을 피우며
머물고 있네

서산에 걸린 보랏빛 노을이 곱다고
골짜기를 타고 오르던 저녁 바람도
오늘 아침에는 일찌감치
칡꽃마다 엊저녁 노을 색깔로 물들이며
머물고 있네

그러고도 산들대며 우리 뒤를 따르는 것은
우리 사이 부부싸움을 눈치챘는지
짓궂은 어린아이처럼 옷자락을 당기고
어떤 빛깔로 달래줄까 갸우뚱거리며
머물고 있다 하네

8.

갈대가 서 있는 까닭

밑둥에서
싹트고 있는 자손이
기댈 어깨를
주고 싶기 때문이다

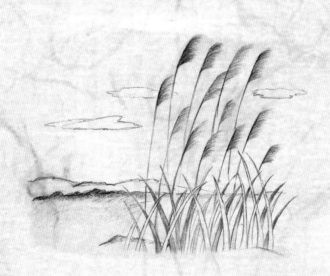

갈대가 서 있는 까닭

삭풍이 뼛속 깊이 사무치는 강변
앙상한 갈대가 하늘을 향해
몸을 떨며 고개 숙이고 있는 것은
태어날 후손을 위한 기도의 몸짓이다

멧새들에 둥지를 내어주는 것은
땅속 깊은 곳에서 움트고 있는 자손들을 위해
태교를 위한 아름다운 노랫소리를
들려주기 위함이다

핏기없는 몸에 남은 한 올의 넋으로
아직도 서 있는 까닭은
밑둥에서 싹트고 있는 자손이 기댈
어깨를 주고 싶기 때문이다

바우

산마루에 홀로 앉아
무슨 생각 그리 하나
구름도 제 갈 길 가고
산그늘 저만큼 내려가는데

눈도 코도 귀도 입도
아낌없이 버리고
텅 빈 몸뚱이 하나 남기고는

무슨 미련 아직 있어
물소리 바람 소리에
메아리를 보내고 있는가

사과 이야기

제일 맛있는 사과를 아시나요?
물론 우리나라 사과지요
여러 나라 것을 먹어 보았지만
빛깔도 상큼한 맛도 우리 것이 최고예요

가장 무서운 사과라면
질투의 여신 에리스의 황금 사과가 떠오르네요
헤라, 아테나, 아프로디테 세 여신들의 미모美貌 싸움이
트로이 전쟁으로 이어졌으니까요

아슬아슬한 사과는
윌리암 텔의 아들 머리 위의 사과
사랑받는 사과라면
스티브 잡스가 만든 애플 로고일 것 같고
위대함으로 치자면
뉴우턴이 본 떨어지는 사과겠지요

행복을 주는 사과는 어떨까요?
하루도 거르지 않고 아침 식탁에 놓이는
우리 집 사과라고 말하고 싶네요

개만도 못한

사회에 첫발을 디디던
새벽종 소리 요란하던 시절
세계 기능대회에 나가 메달을 따고 우승을 했다고
온 나라가 떠들썩하고 매스컴에서는 퍼레이드를
중계하고
세계는 넓고 할 일은 많다며
일요일도 없이 너도나도 힘들게 일하면서도
우리 세대의 자긍심은 대단했었지

이제 먹고살 만해지니 많이 바뀌어 버렸어
열심히 일하는 노동자의 모습은 티브이 화면에서
사라지고
잘 치장한 개나 고양이들 신나게 뛰고
그 비슷한 정치인들 나와 서로 헐뜯으며 침을 튀기고
불륜 가정 이야기로 인기를 끄는 연속극이 판을
치지

그뿐인가, 애완동물 채널도 생긴 모양이야
시장규모가 몇 조 원이 되고 일자리도 는다며
반려동물로, 견공犬公으로 격을 높이더니
이제는 의료보험도 해 주어야 한다고 야단이야
손주들도 할아버지보다 기르는 개가 더 좋다 하네

오천 년 역사를 바꾸는 데 일조했다는
자부심 하나로 버티고 있는 힘없는 우리 세대는
어디에서 설 자리를 찾을꼬

아! 개만도 못한…

    - 집 앞에 싸고 간 개똥을 쓸어 담고 있는 겨울날 아침

어느 신부의 고해성사

나이 들어 사제의 일을 그만두고 나니
어느 신도가 우스개를 풀었지요
깡패와 신부는 공통점이 많다고

자기 구역이 정해져 있고요
아무에게나 반말하고
늘 까만 옷을 입고 다니고
식당에서 밥 먹고는 밥값 안 내고…

틀린 구석은 없지만
듣기 좀 거북하데요

돌이켜보니 밥값에 대해서는 할 말 없더군요
그래서 결심했지요
그동안 안 낸 것 배상하는 마음으로
나를 찾아주는 형제자매의 밥값까지 내주기로

그러하오니
어여삐 보시어 저의 허물을 용서해 주소서
아멘

호우를 기다리며

그럴듯한 장마라면, 호우도 내리고
소양강 댐의 수문이 열리면서
물보라가 하늘로 솟구쳐야 제격이지
잠수교가 물속을 몇 번 들락날락하고
후줄근한 방바닥이 지겨워
쏟아지는 빗속을 뛰어보고 싶어야지

어릴 적 장마철에 한강으로 물 구경 가면
흙탕 빛 강물이 방죽에 찰랑찰랑했지
누구라도 엎디어 우러를 힘센 거인이
빗자루로 세상을 깨끗이 쓸어버리는 것 같아
우리도 덩달아 마음이 후련해졌지

그럴듯한 호우가 한번 왔으면 좋겠어
온 세상을 물안개로 휘감아버리고
그 참에 더럽고 냄새나는 인간들도 싹 쓸어버릴

그럴듯한 호우 말이야

우리의 소원은 통일

중학교에 갓 입학한 시골티 나는 꼬마
노래하는 것이 좋아 합창단에 지원했는데
'높은음이 곱게 나오는구만'
그렇게 시작된 음악 선생님과의 인연

우리 중고등학교 합창단은 오십여 명으로
나 같은 변성變聲 전의 소프라노 파트로부터
알토 테너 베이스까지 4부로 되었는데
한 해에 두세 번 정도 합창대회에 서면
지휘를 하시는 선생님의 유명세 덕에
가장 큰 박수를 받곤 했다

동요 작곡가 안병원 선생님
대학 1학년 때 부친 안석주 님의 노랫말로 작곡한
'우리의 소원은 통일'로 알려진 분
1947년 발표 때는 '통일'이 아닌 '독립'이었는데
전쟁 휴전 후에 남북 분단이 굳어지면서
'통일'로 바뀌며 교과서에 실리게 되었다

돌아가시기 얼마 전의 인터뷰에서
지휘봉을 휘두르는 모습처럼 멋진 말씀을 남기셨다
'제 노래가 흘러간 노래가 되기 바랍니다
통일이 되면 더 이상 부르지 않아도 되니까요'

제2악장

산바람 강바람처럼
다가와서는
아무렇지도 않은 삶의 이야기를
조그만 소리로 흥얼거리고

초가집 굴뚝 연기처럼 스러지는
한발 두발 걸어가는
나만의 이야기들

그래도 나는
팡파레로 시작하는 1악장보다도
북소리로 끝맺는 마지막 악장보다도

바람에 흔들리는 소나무 작은 가지처럼
그 위에 앉아 고요를 즐기는 작은 새들처럼
강가에 턱을 괴고 앉아 있는 내 모습처럼
작은 이야기로 이어지는 2악장이 좋다

아무렇지도 않게 시작되고
피날레의 북소리도 없겠지만
우산을 두드리는 작은 빗소리 들으며 거니는
조용한 익숙함이 좋다

전철역에서 아파트 가는 길

바람이 핸드폰 매장 앞 마네킹을 울리면서
싸늘하게 거리를 휘젓고 있는 겨울 저녁
전철을 내린 사람들은
두 손을 주머니에 찌른 채
아파트 쪽으로 썰물처럼 밀려가고
붕어빵 한 봉지 코트 속에 묻고 가는
젊은 아빠의 걸음도 바쁘다

퍼덕이는 포장마차 휘장 사이로
희미한 불빛이 김처럼 모락모락 흘러나오고
소주잔 쨍 부딪치며 쭈욱 마시고는
닭발과 어묵으로 몸을 녹이고 있는
아직은 집에 가고 싶지 않은 사람들

'둘이 먹으니까 더 맛있는데!'
'내일도 시간 낼 수 있어?'
따끈한 가락국수를 후후 불며 먹는 두 사람
하얗게 부딪치는 입김을 따라
다정한 눈웃음이 불빛처럼 오가고 있다

자석에 끌리듯 집으로 걸음을 서두르는 사람들
하루의 피로를 한 잔 술로 풀어야 하는 사람들

짝을 찾아 머물고 있는 사람들
하루벌이에 몸을 바삐 움직이는 사람들
그들 모두 전철역에서 아파트로 가는 길에 있다

둘레길 들레길 - 도둑놈

이른 아침 둘레길은
촉촉한 가을 향취가 물씬거리고
햇빛이 화살 되어 나뭇잎 사이사이로 쏟아진다

'툭' 소리 들리더니
밤송이 하나 굴러 내 앞에 온다
'아! 가을이지'
밤을 까서 주머니에 넣으며 굽힌 허리를 세우는데

'도둑놈!'
눈동자 두 개가 소리 없는 고함을 지른다
휘파람 불면 나무를 타다가도 멈추어서
나를 보아주던 귀여운 다람쥐들
그 싱그럽던 눈빛이 아니다
나쁜 짓 하다 들킨 아이처럼 화들짝 놀라
주머니에 넣었던 밤톨을 슬그머니 던져버린다

'도둑놈?'
다람쥐가 안 보일 때까지 서서 쓴웃음 짓는다

신의 하향평준화

천지 창조되던 태초에
신이 사람을 만들었다 하는데
요사이는
사람이 신을 만들어 내고 있다

몸신, 여신, 춤 신, 국수의 신에
신의 한 수도 매스컴으로 만들어 낸다
어느 종교에서는 80만의 신이 있다니
신이 더 많아진다고 우려할 바는 아니지만
신의 하향평준화가 오는 건 아닐까?

이러다가는
고무신도 제가 신이라고 우겨대는
그런 세상 올지 몰라

나뭇잎에도 영혼이 있을까

빨간 단풍잎 하나
석양에 진다

떨어지다 아쉬운 듯
바람을 타고 하늘로 오르더니
하나는 부르르 떨며 떨어지고
다른 하나는 영혼인 양 날개를 달고
노을 속으로 붉게 타오르며
사라져버린다

우리 영혼도 저처럼
붉게 타오르며 올라가지 않을까
단풍잎 영혼처럼
고추잠자리처럼

대나무

마디마디
하이얀 그리움이었습니다

하늘을 쳐다볼 때에도
스치는 바람에 옷깃을 여밀 때에도
마디마디
그대를 따라 떠나지 못한
아쉬움이었습니다

긴 울음으로 지새는 밤마다
마음은 파랗게 응어리집니다
가슴에 품은 고독은
마침내 피리 소리 되어
그대를 향한 나의 노래입니다

언젠가 그날까지
마디마디
그리움을 채우고 있으렵니다

졸업식

어린 웃음부터
젊은 웃음으로 이어져

초등학교에서
대학 졸업식까지
새로운 미지의 세계에 대한
솜사탕처럼 달콤한
설레임 있었는데

이제
한 번 남은 졸업식
그때도 웃을지 모르지만

그래도
설레임은 남아있다
생을 떠날 자유를 얻을 것이기에

치사랑

치사랑을 하셨나요
내리사랑처럼 아름답던가요

봄이면 손자들과 더불어 성묘 갑니다
묘목과 삽도 준비해가지고…
아들 며느리와 잡초를 뽑으면서
손자들에게는 호미와 삽을 쥐여주며
가지고 온 묘목을 심고 물을 주게 하지요
송골송골 흘린 땀을 닦으며 스스로도 대견한지
저희가 심은 나무를 가운데 두고 사진을 찍습니다
언젠가 손자들도 제 아들 손자들과
이곳을 찾아 성묘도 하고 묘목도 심었으면 해요

부모가 살아가는 모습을 보며
손자는 아빠 엄마를, 그 아빠 엄마는 어버이를 닮아가며
우리의 아름다운 전통 치사랑이 이어지는 건 아닐까요?

배워서 내리사랑을 하지 않는 것처럼
가르친다고 치사랑하는 건 아닌 것 같아서요

세월이 내게 묻기를

어찌 살았누?
풀잎처럼

어찌 사는데?
깻잎처럼

어찌 살려나?
갈잎처럼

서평

임 보(시인)

박성일 시인과는 수년 동안의 교분을 통해 그간 수백 편의 작품을 접한바 있다. 전공이 이공계이면서도 서예와 음악 등 예술에 관심을 가진 폭넓은 교양인이기도 하다.

'앞니가 두 개'는 세 대상(아이, 할머니, 며느리밥풀꽃)이 빚어내는 생명과 평화의 세계를 스케치한 소품이다. 세 대상이 지닌 공유소는 두 개의 앞니다. 아이의 앞니는 생명의 생성, 꽃의 앞니는 생명의 절정, 그리고 할머니의 앞니는 생명의 소멸을 상징한다. 생명과 평화라는 거대한 주제를 동화적 분위기로 압축해서 쉽게 표현한 작품이다.

'국수 먹기 좋은 날'은 어머니에 대한 그리움을 담은 사모곡이다.

멀리 떨어져 사는 손자가 국수를 해 먹었다고 전화로 자랑을 한다. 그러자 화자는 돌아가신 어머니가 문득 생각난다. 어머니가 생존해 계실 때 혹 심기가 불편해하시면 어린 아들에게 '할머니께 국수 먹고 싶다고 해라' 하고 부탁을 했다. 그러면 어머님이 신명이 나서 어린 손자를 위해 칼국수를 열심히 만들어 주시며 기분이 풀리셨다. 그런 어머니를 아내도 잘 알고 있다. 국수 해 먹었다는 손자의 전화를 받고 화자는 어머님 생각이 나서 점심에 국수나 먹을까 하고 아내에게 청하는 상황이다.

어머니에 대한 그리운 마음을 격조 있게 담아냈다.

박성일 시인은 수사에 의존하지 않고 헛된 기교를 부리지 않으며 필요한 말만 적절히 구사하고, 담백하고 간결한 문체도 부담이 없다.

난삽한 시문들이 범람하고 있는 현 시단에 그의 단아한 시풍이 청량제가 될 수 있으면 좋겠다.

-임 보(시인)

박성일 바우금혼시집
국수 먹기 좋은 날

인쇄_2021년 10월 19일
발행_2021년 10월 25일

지은이_박성일
펴낸이_노용제

펴낸곳_정은출판
주소_서울시 중구 창경궁로 1길 29 F3
전화_02-2272-8807
팩스_02-2277-1350
이메일_rossjw@hanmail.net
홈페이지_www.je_books.com

ISBN 978-89-5824-440-0 (03810)
정가 10,000원